CRIS,

GÉMISSEMENS,

DÉSIRS.

———————◆———————

Epigraphe.

Exortum est in tenebris lumen rectis!

Dons de Dieu! Français, oui, c'est de Dieu que,
par toi,
La vérité te fait la loi.
Vive donc à toujours et ta Charte et son Roi!
Souverain, sois, autant que libre, sage,
De l'homme c'est le meilleur apanage.

Quintaxal Jan. Prox.

I

On trouve aux endroits indiqués ci-contre, au bas du titre.

Polémies pacifiques romaines, dites Gallicanes. 1 5o

L'intolérant, ou l'Ami de l'Église de l'état de la
Charte. 2 »

Le Gallican ultramontain, ou Défense des Ultramontains contre leurs adversaires irréfléchis ou
mal-intentionnés. 3 »

De la Catholicité et du maintien de la Charte. 25

Ode Eucharistique et Constitutionnelle. » 10

Français! change les noms et voilà ton histoire ;
Utile est très-facile à mettre en ta mémoire.

Cris, gémissemens, soupirs, désirs d'un vieillard
invalide bon français, qui ne fut jamais que
passif, ou que passivement actif. » 6o

Elégie etico-pacifique et constitutionnelle sur l'état
actuel de la France. 10

Imprimerie de A. BELIN, rue des Mathurins Saint-Jacques, n° 14.

PROLOGUE.

Nous croyons convenable de commencer par avertir que cet écrit est un opuscule basé sur le principe invariable de rendre à César ce qui est à César, et à Dieu ce qui est à Dieu, qui lui servait de fondement avant l'heureuse révolution qui nous a obligé de le reprendre sous œuvres.

Si l'on y voit, d'une part, ce qui s'y trouvait auparavant, le principe de la liberté religieuse impunément méprisé, le défaut d'attention qu'on a eu de procurer au catholicisme la protection promise à son culte comme à tous les autres par l'ancienne Charte, quoiqu'elle déclarât la religion catholique, apostolique et romaine religion de l'Etat; on y voit, d'autre part, comment cette Charte, devenue vérité, la lui garantit aussi efficacement qu'à toutes les autres.

Aussi, au lieu du début que l'on voit, page 3, nous disons maintenant :

Nos cris sont assoupis ;
Nos désirs seront accomplis.
Dieu te protège, ô bienheureuse France!
Pour toi, de son amour, il s'est ressouvenu.
De la reconnaissance
Offre-lui la vertu.

Nous nous sommes aussi trouvé réduits à faire recomposer dans une autre imprimerie, par l'effet du refus opiniâtre que notre premier imprimeur nous a fait de remplir l'engagement qu'il avait pris par l'écrit dont voici la teneur :

« Je soussigné, reconnais avoir reçu de M. Poussard, prêtre, la somme de
« trente francs, pour la composition faite d'un ouvrage contenant deux
« feuilles un quart. Je promets garder ladite composition pendant un mois,
« et ferai ensuite imprimer ledit ouvrage, s'il ne contient rien de préjudi-
« ciable aux lois et au gouvernement établi. Et si, au bout d'un mois,
« M. Poussard fait composer son ouvrage, je ferai la composition à moitié
« prix. Paris, ce quatre août 1830. »

(Suit la signature de l'imprimeur.)

Sur le refus opiniâtre qu'il nous a fait, comme nous l'avons dit, de remplir cet engagement, nous nous sommes vu réduit, après avoir employé inutilement tous les moyens amiables de conciliation, à le faire citer par devant le juge de paix de l'arrondissement; lequel, nous condamnant aux dépens, nous a obligé, par son jugement, à laisser audit imprimeur, sous prétexte d'indemnité pour son travail, ce que nous lui avions avancé, à la condition, acceptée par son écrit, de nous en livrer l'effet; laissant apparemment à qui il plaira le soin de nous indemniser, nous, du coût d'une nouvelle composition à un autre imprimeur.

Sans en faire ici aucune réclamation à notre profit, nous serions pleinement satisfait si cette preuve d'expérience des inconvéniens de l'arbitraire absolu, ainsi livré à un seul individu investi du respectable caractère de juge en dernier ressort, apportait un amendement à une de nos si précieuses institutions, qui y obvierait efficacement, sans en diminuer les avantages ; car si une somme de cent cinquante francs, et même au-dessous, peut être regardée comme peu de chose en soi, sa privation peut faire plus ou moins grief à la partie qui s'en trouve privée injustement.

La cause et l'issue de ce procès n'était que le commencement des revers de mes éditions.

Que de contrariétés à éprouver, que d'obstacles à vaincre avant que j'aie pu en venir où je croyais en être, le 4 du courant, c'est-à-dire à n'avoir plus besoin que d'un feuillet pour pouvoir les mettre au jour !

Mais ces délais obligés, nous les avons par la grace de celui qui en était la première cause, supportés avec courage, patience et résignation à sa sainte volonté, et nous y avons trouvé le temps de travailler sous les événemens, comme un journaliste (1), comme il sera facile de le voir dans notre seconde partie, et tout à l'heure ici.

Car le 4 décembre, dont nous venons de parler, une lecture qu'on nous a faite, dans un journal qui ne paraît que deux fois par semaine, nous a donné l'idée d'un Prologue, que nous terminons par des réflexions et observations que nous croyons à propos d'offrir au sujet de la lecture susdite, et que voici sommairement, sauf à nous développer davantage par la suite, s'il en est besoin.

En serait-il beaucoup parmi nous de ces chrétiens aussi aveuglés que ceux qui viennent d'eux-mêmes offrir, disent-ils, gratuitement des services dont ils sont incapables, n'étant que des coureurs sans mission ?

En serait-il beaucoup à qui il faudrait apprendre, ou tout au moins rappeler, qu'il est écrit :

« Gardez-vous des faux prophètes qui viennent à vous couverts de la peau
« des brebis, et qui au dedans sont des loups ravissans ? »

Et encore : « Celui qui n'entre pas par la porte dans la bergerie des brebis,
« mais y monte par ailleurs, est un voleur et un larron ? »

Et plus loin : « C'est moi qui suis la porte de la bergerie ? »

Et encore ailleurs : « Si quelqu'un vient vous dire : Le Christ est ici, ou il
« est là ; ne le croyez point ? »

Faut-il dire où il est ? Eh bien, c'est dans l'épiscopat ; c'est-à-dire dans ceux que le Saint-Esprit a établis pour gouverner l'Eglise de Dieu ; c'est-à-dire encore dans ceux qui tiennent extérieurement, au moins de leur part, à la chaîne apostolique, à la chaîne de ceux qui ont été envoyés par Jésus-Christ, comme lui-même l'a été de son Père ; chaîne dont le premier anneau est le Souverain-Pontife, chef suprême de l'Eglise, et, en cette qualité, son infaillible premier organe, quand il en manifeste les décisions et qu'il ordonne l'exécution de ces lois, dont il a, conjointement et avec ses augustes collègues dans l'épiscopat, le pouvoir exécutif, lorsqu'il les a le premier proclamées.

(1) J'offrirai ici volontiers souscription à un journal religieux libertiste, mais les facultés et les moyens me manquent.

Si quelqu'un voulait travailler en réclamation contre les abus scandaleux et dans la vue de concourir à faire prévaloir les doctrines de la vraie liberté sur la licence, en contrariété avec la vérité de notre droit public, je m'y associerais avec le plus grand plaisir (Voyez pag. 42, § V).

Ils vous disent, ces mercenaires hypocritement officieux, qu'ils vous donneront gratuitement ce qu'ils ont reçu gratuitement.

Eh! mais où sont-ils donc ces pasteurs canoniquement envoyés qui en usent autrement? Que demandent-ils pour ces séances si longues, si fatiguantes et si épouvantablement onéreuses au tribunal sacré; pour ces travaux de jour et de nuit, ces administrations spirituelles, ces secours mêmes temporels dont ils soulagent les malades et assistent l'indigence?

Ils vous disent qu'ils sont bien traités pour cela, et qu'ils ne vous ne demandent rien.

Rien! Eh! ne vous y trompez pas, vinssent-ils vous dire, dans la pensée de celui dont ils sont les suppôts, en mettant à votre disposition toute la mammone d'iniquités : Nous vous donnerons tout cela, si vous agréez nos services. Sachez et soyez certains qu'ils se croiraient assez payés du plaisir qu'ils auraient en allant rire avec le diable de la conquête qu'ils auraient faite pour lui de vos ames.

Sachez, d'autre part, qu'il est écrit : « L'ouvrier est digne de son salaire. » On ne peut donc ni le lui refuser, ni le lui envier. Aussi est-il dit, en conséquence : « Que celui que l'on instruit dans les choses de la foi, assiste de « ses biens en toutes manières celui qui l'instruit. Ne vous trompez pas; on « ne se moque pas de Dieu. Deus non irridetur. »

Et sachez, au surplus, que personne ne peut s'ingérer de soi-même à vous conduire; que nul ne peut le faire, s'il n'est pas envoyé par l'évêque, ou, le siége vacant, par les administrateurs du diocèse, nommés à cet effet par le chapitre de l'église métropolitaine ou cathédrale.

Et, de plus, vous n'avez ni à croire ni à craindre de manquer d'évêques.

Qui veut la fin, veut aussi les moyens; et l'article 13 de la Charte les offre ces moyens, puisqu'il octroye au chef suprême de l'Etat le droit de faire et par conséquent de maintenir les traités de paix et d'alliance, en vertu de quoi il continue de nommer aux évêchés vacans, dans les formes établies par le concordat de Léon X et de François premier.

Mais voici encore du nouveau, pas tout-à-fait pourtant, car il s'en était déjà répandu un bruit en l'air, où je le croyais évaporé, et comme il vient de mettre si bien le pied à terre, que, quel que soit le ridicule de son absurdité, on paraît vouloir sérieusement s'en occuper.

Je ne le fais ici moi-même que pour travailler à lever le scandale qui seul peut m'empêcher de ne faire qu'en rire.

Imputer au Souverain-Pontife un permis de prier pour le roi !

Mais la prière en général n'est-elle pas un élément hors duquel le Chrétien est sans vie? N'y aurait-il donc qu'un prier pour le roi, pour lequel il faudrait un permis?

Eh! oui, effectivement, je n'y songeais pas; mais aussi c'est que c'est si haut, si haut, que c'est presque à perte de vue pour qui n'est pas des ultramontains; mais comme on peut les connaître sans en être, disons donc que ces messieurs si vénérables d'ailleurs requièrent le susdit permis afin de savoir à quoi s'en tenir, c'est-à-dire si Louis-Philippe est reconnu par le Pape pour être notre roi, parce qu'il y a environ onze cents ans nos ancêtres, se trouvant pour la première fois dans la position qui fut la nôtre naguère (plaise à Dieu pour la dernière), s'approchèrent autant qu'ils purent, étant de la maison, de celle des lumières du monde placée sur le plus haut de ses flambeaux, pour en être éclairés de manière à bien savoir ce qui serait pour le mieux dans la conjoncture où ils se trouvaient. Zacharie, ce juste dont la mémoire sera éternelle, ouvrit alors un avis si sage, et d'ailleurs si naturel, qu'il doit servir à jamais en pareil cas; car ce sera toujours ce qui sera le plus convenable au maintien ou au rétablissement de l'ordre, qui est ce qu'il faut faire, ce qui aussi a été fait sans hésiter pour Hugues Capet, et ce qui vient d'être fait pour Louis-Philippe si heureusement, si glorieusement et avec de si précieux avantages pour lui et ses sujets, au nom du peuple souverain.

Prions donc avec confiance au nom de Jésus, et avec lui, pour être sûrs ainsi d'être exaucés de notre père céleste.

« Domine salvum fac regem nostrum Ludovicum-Philippum, et exaudi nos
« in die quâ invocaverimus te.

« Fac ei secundum cor suum et omne consilium suum confirma. »

Sic et hic opusculi finitur initium.

Paris, 7 décembre 1830.

P. S. Mais qu'avons-nous donc aujourd'hui à ajouter? Hélas! c'est à exprimer de nouveaux gémissemens et désirs à un sujet aussi douloureux et affligeant que celui que nous apporte la si triste nouvelle du jour.

L'Eglise a perdu son époux dans son chef visible : le Saint-Siége est vacant.

Dieu puissant et miséricordieux, qui nous avez prévenus par lui de toute la douceur de vos bénédictions, daignez nous rendre, en associant à votre gloire, quem tam gradu functum cito, daignez nous rendre, dans son successeur, un Souverain-Pontife qui, comme lui, pratique aussi fidèlement, par sa conduite, la leçon que vous avez si expressément donnée à vos apôtres, en leur disant : « Tollite jugum meum super vos et dissite a me quia sum mitis « et humilis corde, » puisque c'est ainsi qu'en pratiquant celle qu'a donnée en conséquence celui dont il fut la personne morale, il a si bien fait ce qu'il fallait faire pour accomplir votre volonté, en faisant ce qu'il fallait pour fermer la bouche aux hommes ignorans et insensés.

« Mitte nobis auxilium de sancto et de Sion tuere nos. »

Neuvième jour du mois ci-dessus.

C<small>H</small>. P<small>OUSSARD</small>, ancien Curé titulaire, Prêtre de la ci-devant congrégation de l'Oratoire de Jésus et Marie.

CRIS,
GÉMISSEMENS,
DÉSIRS

D'UN VIEILLARD INVALIDE,

BON FRANÇAIS,

Qui ne fut jamais que passif,
Ou que passivement actif.

Malgré son indignité et son inutilité, par la miséricorde divine et la grâce de l'ordinaire, hypostatiquement uni au prêtre éternel selon l'ordre de Melchisedec (1).

NON INJUSSA CLAMEM Ô ASPIRA Ô CHRISTE CLAMANTI.

Nescierunt neque intellexerunt in tenebris ambulant.

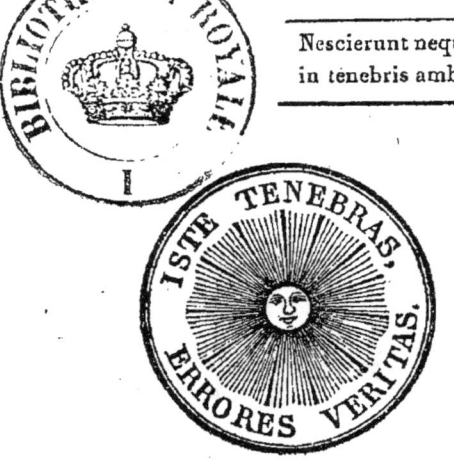

(1) Voir la note (a) au verso de ce titre.

PARIS,

CHEZ L'AUTEUR, s'adresser au portier, rue de l'Hôtel-Colbert, n° 7.
Et chez les Marchands de Nouveautés.

(*a*) Venez-donc ici maintenant aussi, habiles arithméticiens que parfait raisonneurs, venez vous amuser aux dépens de cette prétendue absurdité de notre croyance en un Dieu unique en hypostase ou essence ; en trois personnes parfaitement distintes, quoique parfaitement égales en toutes choses, sauf la différence que mettent les deux natures du Verbe entre le Père et le Saint-Esprit.

En voici bien une autre dans ce sacerdoce divin, unique aussi en substance et distingué dans cette multitude de personnes, parfaitement égales entr'elles en toutes choses, sauf la différence hiérarchique et canonique de ce royaume céleste, spirituel, et qui est dans ce monde et qui n'est pas de ce monde, ainsi que celle de la manière dont chacune remplit son devoir ou s'y trouve infidèle.

AVIS.

Cet Opuscule était composé à l'imprimerie avant les ordonnances du 25 juillet dernier, il n'offre de plus que ce que nous y avons ajouté depuis, et placé entre parenthéses ainsi qu'à sa suite.

CRIS,

GÉMISSEMENS,

DÉSIRS.

PREMIÈRE PARTIE.

Procax libertas civitatem miscuit, frœnumque
solvit pristinum et suave jugum, onus atque
leve, licentia.

§ Ier

Malheureuse France, sept et septante fois sept
fois malheureuse France,

« De son amour pour toi ton Dieu s'est dépouillé :
» Ton encens, à ses yeux, n'est qu'un encens souillé. »

Quelle est donc la cause d'un aussi grand mal-
heur ? Je la trouve, je la vois dans le cœur d'un roi
à qui tu décernas, à si juste titre, dès les premiers
momens de son règne, celui de Bienfaisant. Et

combien ne le mérita-t-il pas en effet, par ses édits de joyeux avénement et de l'abolition de la torture qu'il s'empressa d'émettre ; en préludant ainsi à d'autres bienfaits dont son règne est rempli.

Te dirai-je en particulier comment ce cœur si bienfaisant, si magnanime, est devenu pour toi pire que la cassette de Pandore ; qui est-ce qui l'a ouverte ?

Hélas, hélas ! ce sont ceux qui ont surpris la religion du roi, en lui persuadant qu'il convenait au bonheur de son peuple d'accorder, par son édit de convocation des États généraux, une double réprésentation à l'ordre du tiers-état ; et c'est de cet édit que sont sortis tous les maux.

De là ce chaos dans lequel tu te trouves aussi éloignée du ciel que tu es proche de l'abîme infernal que tu creuses et qui s'ouvre de plus en plus sous tes pas, par l'effet de l'abus que tu fais d'une Charte dictée, sous la loi de la nécessité et par le désir de ton bonheur, à son immortel auteur.

§ II.

Quo ô nunc Christe profers ! veniam
quocumque vocabis.

O vénérable pasteur, que tu as été édifiant et vrai à la fin de ton prône, surtout le jour de la fête de l'adorable Trinité, où tu nous as dit en substance, que les maux de l'Église résultaient du défaut d'accord qui se trouve entre notre croyance et notre conduite, en assignant la différence qui s'y trouve avec celle des premiers jours de l'Église !

Nous semblons, en effet, prendre pour nous ce qui a été dit à l'ancien peuple de Dieu, en rendant dent pour dent, outrage pour outrage, malédiction pour malédiction, au lieu de pratiquer, en enfant du peuple nouveau, de donner bénédiction, obsécrations et prières pour blasphèmes.

Mais pourtant un peu d'indulgence, ô bon pasteur! Tu sais comme nous qu'il est plus difficile de conserver et de replacer sur ses fondemens un édifice, que de l'élever et de le conduire à sa perfection. Pour ceci il ne faut que de l'argent, un bon architecte, et des ouvriers sachant bien leur métier, et pour cela pour le reprendre sous œuvre et le rasseoir sur ses bases!.... combien ne fut elle pas effroyable, naguère, la crainte de voir s'écrouler sous l'opération cette basilique antique de St-Severin, lorsqu'on travaillait à la guérir du mal que lui avaient fait les fouilles salpêtrières et le roulement des voitures, dans ces beaux jours du règne effrené de l'impiété infernale, où sa malice jacobine, ignoble, n'avait pas de plus belles jouissances que le plaisir de rompre, d'abattre, de renverser et détruire tout ce qui tient au seul et vrai culte du seul et vrai Dieu.

Oh! combien n'avons-nous pas eu de temps à at-
tendre d'autre part, le lever de l'aurore de ce beau
jour, où nous attendons la restauration parfaite, et
la destruction de ces lois dites organiques qui n'ont
produit autre chose que la désorganisation du pas-
torat du second ordre.

Douze ans n'étaient-ils pas révolus, depuis le dés-
aveu descendu du Saint-Siége, qui les réprouve et
les condamne, d'accord avec le trône des lis, lorsque
la paroisse ci-devant archi-presbytérale s'est trouvée
dédommagée, en voyant au moins à sa tête dans son
église remise, par lui, en si bon état, un curé de fait
aussi bien que de droit divin.

Ton tour ne viendra-t-il pas bientôt? On nous a
dit qu'on avait commencé par les paroisses succursa-
les ou dessertes, dont les ressources sont les moins
proportionnées aux besoins de leurs pauvres. A la
vérité, St-Severin, dont les cordeaux sont si courts,
méritait à cet égard une juste prédilection, qui se-
conda le zèle d'un pasteur dont je connais mieux
que par ouï-dire la charitable sollicitude, qui a pris
soin de moi, lors même que je n'étais plus dans son
bercail. Mais la tienne, dont le territoire est si étendue, combien n'est-elle pas appauvrie par ce vas-
te entrepôt, aussi avantageux d'une part que stérile pour toi.

Où prends-tu donc de quoi faire face à tont?

Tanquam Deus per te merita excedens et vota ;
toutes tes richesses ne sont-elles pas passées dans
cette paroisse où le pasteur est obligé d'étendre sa
sollicitude jusque sur les moyens de pourvoir au
besoin des rétributions canoniques des oblations
sacrées et où, à l'irrégularité de l'offrande du pain à
bénir, ne dirait-on pas que le nombre de ses fa-
milles fidèles ne suffit pas à cette offrande, même
pour tous les dimanches de l'année (*a*)?

(*a*) Cela avec autre chose nous a inspiré, dans les premiers mois de notre séjour dans cette paroisse, le cantique
que voici :

 AIR : *Je l'ai planté, je l'ai vu naître.*

Contens de nos rites antiques,
D'un cœur joyeux et satisfait,
Célébrons par de saints cantiques
Le jour que le Seigneur a fait.

Ce jour du repos de Dieu même
Suspend nos pénibles travaux ;
De ce Dieu, la bonté suprême
Veut ainsi soulager nos maux.

Tous réunis sous la houlette
D'un PASTEUR PLEIN DE CHARITÉ,
Écoutons-le : c'est l'interprète
De la divine volonté.

Reprenons : il est vrai, les premiers Chrétiens,
à l'exemple des Apôtres qui les formaient autant au
moins par leurs actions que par leurs discours, et
les persuadaient par les miracles et les prodiges
qu'ils opéraient sous leurs yeux, les portaient à ne
rien faire qui s'écartât de l'exemple que donne celui
qui est doux et humble de cœur. Mais qu'avaient-
ils à faire, ces Chrétiens, unis à leurs chefs, et ne
faisant avec eux qu'un cœur et qu'une ame? ils

De la charité fraternelle,
A notre tour fidèlement,
Faisons l'OFFRANDE MUTUELLE,
De l'union, vrai sacrement.

Purs et contrits, d'amour, de crainte
De foi, pénétrés, humblement
Allons tous à la table sainte,
Tous, mais CHACUN ISOLÉMENT.

Visitons dans ce jour de grâce
Les prisonniers, les indigens.
Allons consoler leur disgrâce,
Leur faire de pieux présens.

Ceux qui gardent ainsi sur terre
Du jour divin la sainteté,
Aux cieux reçoivent pour salaire
Le repos de l'éternité.

avaient, au refus de ceux au sein desquels était
venue la lumière, et qui ne voulurent pas s'en laisser éclairer ; ils avaient à la transporter aux nations
assises dans les ténèbres et les ombres de la mort ;
ils n'avaient pour les dissiper qu'à détruire les idées
grossières que leur imagination leur avait données
sur la divinité, dont toutes les nations, mêmes le
plus barbares et les plus féroces, n'ont jamais songé
à nier l'existence ; plus raisonnables en cela, cent
et mille fois, sans doute, que ceux qui, en en ad-
mettant l'unité, veulent qu'elle se contente de
l'hommage capricieux que leur suggèrent leurs volontés, plus multipliées, encore, que le nombre des
idoles sous lesquelles les païens se représentaient
les faux dieux, qu'ils croyaient necessaires au gouvernement du monde, ne croyant pas qu'un ÊTRE
SUPRÊME pût seul en être le roi souverain absolu.

Les aveuglés de ce temps-là ne croyaient donc
pas possible ce que ceux du nôtre admettent, du
moins à en juger par la solemnité avec laquelle ils
l'ont proclamé et célébré dès les premiers tems,
sinon du règne, au moins de l'ère de leur esclavage
licencieux.

Comment pourrions-nous alors voir autre chose
dans notre doux Jésus, que le fouet dont il était
armé, dans le zèle qui le dévorait pour la maison de
son père ; renversant, culebutant, boulversant et les

tables et les bancs et les comptoirs, en criant avec
une divine fureur : « Otez tout cela d'ici. »

« O intolérance, nous crie-t-on d'ailleurs, et com-
» ment la souffrir. Otez l'infâme ! C'est ce qu'il faut
» crier. »

C'est entendu.

§ III.

O bon, si doux, si tendre et tout charitable pasteur ! où trouver ces traits emflammés contre ces
ennemis, ces sacrilèges adversaires ? « Dans l'arse-
» nal de la prière, » me réponds-tu. — Il est vrai
puisque *nous ayons un grand Pontife, qui a péné-*
tré les Cieux ; Jésus-Christ, Fils de Dieu, nous
irons donc avec toi, dans la plus grande con-
fiance, au trône de sa grâce, pour en obtenir
miséricorde, dans un temps si opportun, puisque
c'est le moyen le plus efficace que nous ayons à
employer, pour mettre dans nos intérêts, qui ne
sont autres que les siens, ceux de sa gloire, le
COEUR ÉTERNEL DE NOTRE CHRIST, et *inviter les re-*
gards de son Père, sur SA FACE SACRÉE ; *mais si*
nous devons prier comme ne pouvant rien, ne
devons-nous pas aussi agir comme pouvant tout,
avec celui qui nous fortifie ? Puique tout est pos-
sible à celui qui croit. Sans doute, à ton exemple,
nous devons, en toute patience et en toute doctrine,

ne jamais nous lasser d'exhorter et d'instruire.
Mais il nous est aussi dit : *Argue obsecra increpa ,*
clama ne cessès quasi tuba exalta vocem tuam
et annuntia populo meo scelera eorum et domui
Jacob peccata eorum.

Un prêtre ne peut pas n'être qu'un chien muet ;
Il faut bien qu'il aboie, à Dieu c'est ce qui plaît.
Etenim , vox mea vel lingua calamus scribæ.

Et quels sont-ils ces crimes et ces hautes iniquités ?

§ IV.

Tu en as vu tout à l'heure, très-vénérable pasteur,
la diabolique théorie; en voici des pratiques d'un
genre sans espèce, dans une éphéméride journalière,
car son gérant ni ses rédacteurs ne peuvent pas
prétendre qu'on en fasse autre chose que des papil-
lotes, à moins qu'on ne s'en serve que pour allumer
le feu.

Je les trouve, ces pratiques monstrueuses, sous la
rubrique : Sermon a Saint-Sulpice : » Le jour du
» Sabbat » (m'a-t-on lu) « ou du repos placé par
» Dieu lui-même au septième jour, qui est le sa-
» medi ,est porté par l'Église au premier qui est le
» dimanche , *effarouche les faibles qui ne conçoï-*
» *vent pas que des hommes puissent corriger les*
» *Tables de la loi de Dieu.* »

Mais quel est donc le rédacteur de cet article?

« C'est un Juif, » ma-t-on dit. A la bonne heure, cela ne m'étonne plus : ce Juif ne descendrait pas de pères déicides s'ils eussent connu Notre-Seigneur Jesus-Christ pour être le roi de gloire.

Mais un Juif ne peut pas sans doute ignorer le Pentateuque; et n'y voit-il pas, dès les premiers chapitres de la Genèse, de quoi l'empêcher de dire : « Cette proposition, le péché est la cause que nous » travaillons; le travail est indigne de la noblesse » de notre origine, est bonne pour un couvent. »

Bonne pour un couvent! et quel est donc ce couvent où elle serait plus utile à prêcher qu'ailleurs ? Je n'en connais point ni de femmes, ni d'hommes, pas plus que de bons chrétiens ni de Juifs instruits par Moïse, le respectant et croyant ce qu'il a enseigné, qui puissent penser différemment; et si à Rome, en Espagne, il en résultait autant de paresse qu'on dit, cela n'empêcherait pas que nous ne pussions et que nous ne dussions croire que le travail est vraiment indigne de la noblesse de notre origine.

Vous y tromperiez-vous ? Penseriez-vous qu'origine et naissance soient ici synonymes? Oh! qu'il y a de différence! *Adam est sorti de Dieu.*

Voilà, je ne dis pas seulement la noblesse, mais la divinité de notre origine.

Ce n'est aussi que de la corruption survenue à notre nature par le péché de nos premiers parens que nous sont venues la honte, la pudeur, qui nous obligent de nous mettre sous des habits.

Car où sont-elles ces autres créatures animées et sans intelligence qui se voient obligées de se montrer autrement que Dieu ne les a faites ? et au contraire, ces animaux à qui nous allons prendre de quoi pourvoir à un besoin qu'ils n'ont pas , ne semblent-ils pas, en voyant l'usage que nous faisons de ce que nous leur enlevons, nous dire , avec autant de mépris que de complaisance : Allez vous habiller de nos dépouilles et vous en prévaloir, pour dissimuler, autant que vous le pouvez, votre honte, par la vanité et l'affectation du luxe orgueilleux que vous étalez et prodiguez à nos dépens.

Mais quel est donc cet homme aussi habile à critiquer aussi solidement que savant à mal faire ? Oh certes , c'est un savant, car il en sait autant que le petit écolier qui connaît son *Appendix de Diis ;* il sait que les idolâtres avaient des lupercales , des bacchanales, des saturnales et autres solemnités de toutes sortes d'infamies et de corruption , trop bien imitées dans notre carnaval. Mais il ne sait pourtant pas tout, car il ignore, à moins qu'il n'ait honte de le savoir, ou qu'il veuille ne pas croire que ces fêtes , puisque fêtes il veut , et toutes autres si géné-

ralement répandues et célébrées dans le paganisme,
n'ont rien qui empêche de dire ou d'avancer que les
nations idolâtres, et celles qui ne connaissent point
Dieu, n'ont jamais eu de jours consacrés, c'est-à-
dire chômés, par l'obligation qu'impose une bonne
conscience, de les célébrer par des œuvres de piété
et de dévotion, sans qu'il soit permis de vaquer en
ce jour à aucune œuvre servile ou mercenaire, hors
le cas d'une absolue et religieuse nécessité.

Mais encore une fois, quel est-il donc ce rédacteur? car, qu'elle que soit sa haute science, quelqu'un
pourrait avoir besoin de connaître précisément sa
moralité, et surtout quelle est sa garantie, c'est-à-
dire son opinion religieuse.

Son opinion religieuse! mais il n'en a point de sem-
blables. Sur quoi on ne saurait trop s'étonner de le
voir placé où il se trouve; car il n'est pas du nombre
de ceux qui de par la charte peuvent avoir le droit de
parler comme il fait, sous prétexte d'émettre une opinion religieuse, puisqu'il serait absurde que cela pût
s'entendre de la faculté de pouvoir vomir l'athéisme.

Quoi! une cité payenne amis à prix la tête du con-
tumace Diagoras, pour avoir nié l'existence d'un Être
suprême! Et un État qui a pour religion la catholique, apostolique et romaine, donnerait par ses cons-
titutions le droit de professer l'athéisme, le droit
de juger, de condamner un prédicateur évangélique, à qui, tout au plus par indiscrétion dans

l'excès de son zèle, il aurait échappé quelques
mots plus ou moins inconvenans; il oserait exi-
ger de tous les oracles du Très-Haut, de ne pa-
raître dans sa chaire sacrée, que comme les
Bossuet, les Massillon, les Bourdaloue y ont
paru. Ah! qu'il aille s'instruire auprès des Du-
guéry et des Longin. L'un lui dira qu'ils ne sont
ou ne doivent être que *la voix de celui qui crie
dans le désert : « Préparez la voie du Seigneur,
« et rendez droits ses sentiers.* » Il lui fera voir
aussi l'origine de la civilisation, et la cause des
heureux effets de sa propagation universelle,
que son maintien peut seul rendre parfaite. Et
l'autre, après lui avoir montré combien notre
raison nous commande de nous soumettre à la
foi, et de nous laisser conduire par elle, lui
montrera la folie de l'incrédule : *Ductor caco
demum coge pecus tuum.*

Mauvais ange conducteur, va faire paître ton
dévorant troupeau, plus chimérique heureusement
que la pure chimère elle-même; mais où le mè-
neras-tu? en niant l'être des êtres tu détruis tous
ceux qui en sont sortis. Et toi-même, qu'es-tu,
où es-tu donc, si tu n'es pas sorti d'Adam, ou
tout au moins de tout autre qui te plairait qui
fût de Dieu, et si tu ne le trouves sur aucun
point de cet univers dont il est le créateur,
je n'en ai que trop crié contre toi, n'ayant fait
pour toi que battre l'air. Quant aux autres, j'en
ai assez dit pour qu'ils en profitent au besoin,
s'ils le veulent : Dieu leur en face la grâce.

Va donc, et que *Dieu, s'il est possible, te pardonne ton iniquité ;* du reste ce sera ta faute s'il ne le fait pas : il veut tous nous sauver, et la réprobation ne vient jamais à personne que du défaut d'accord qui se trouve entre nos pensées, nos désirs, nos actions et nos omissions contre sa volonté très-sainte. Qui l'ignore et qui veut de bonne foi la connaître, peut s'adresser en toute confiance à un prêtre catholique, apostolique et romain, de qui il l'apprendra infailliblement, et mieux que de tout autre, qui pourrait le tromper, même sans le vouloir.

FIN DE LA PREMIÈRE PARTIE.

INTRODUCTION A LA SECONDE PARTIE.

Je viens de me faire lire une brochure dont le titre m'a effarouché : *Des devoirs du roi envers la royauté !* pourquoi n'avoir pas mis : *Des droits inaliénables et imprescriptibles du Roi respectés par la Charte.*

L'ouvrage ne nous a pas apprivoisé. Le docteur en droit politique et civil, faisant profession d'adhésion au droit public octroyé aux Français, et à ceux inhérens au chef suprême de l'État, ne trouve le mal que dans l'effet de la cause occasionelle, au lieu de le voir dans celle qui a produit et amené l'une et l'autre (1).

Quant à moi, petit théologien, assez passablement instruit du droit divin, j'en tire des conséquences que je peux, sans présomption, regarder comme plus utiles. *Sublata causa tolletur effectus.*

SOLI DEO GLORIA.

(1) *Voyez* ci-dessus, page 3.

SECONDE PARTIE.

DE LA CHARTE.

Fondamenta ejus in montibus sanctis.

ADNOTATIONES SEU ADMONITIONES DOGMÁTICE MORALES.

Reddite cæsari quæ sunt cæsaris et quæ sunt Dei Deo.

Alter alteriùs onera portate, et sic ad implebitis legem Christi prout vultis ut faciant vobis homines, et vos facite illis similiter. Nolite judicare. secundum speciem, sed rectum judicium judicate Non queras ultionem, nec memor eris injuriæ civium tuorum. Quare iratus es? cur concidit facies tua, non ne si benè egeris recipies, sin autem male statim in foribus peccatum aderit? Sed sub te erit appetitus ejus, et tu dominaberis illiùs.............. Omnis qui occiderit (te) septuplum punietur; posuit que dominus (ei) signum ut non interficeret (eum) omnis qui invenisset eum. *Qui resistit potestati ordinationi Dei resistit, qui autem resistunt,* sibi damnationem acquirunt. (Timeant ergo qui malum faciunt), non enim sine causa (princeps), gladium portat. Necessitas cogit legem. *Salus populi suprema lex. Omnia licent sed non omnia expediunt pacienter agit* Beati qui audiunt verbum dei et custodiunt illud.

Dignas Deo laudes referamus omnes.

CHAPITRE UNIQUE.

§ Ier

La France, depuis le pavois qui servit à élever le premier de ses rois, a toujours été une monarchie tempérée par les lois.

Toutes les fois qu'on a enfreint la première et fondamentale de ses lois, c'est-à-dire la loi salique, et qu'on a tenté avec plus ou moins d'effort de contrevenir à cette distinction sociale, si bien fondée sur l'utilité commune, la nation s'est vue en danger d'être ensevelie sous les ruines du trône de son roi. Nous ne l'avons que trop appris par l'expérience.

Mais quel est le règne sous lequel nous vivons depuis seize ans révolus?

Pour répondre à cette question, si l'on ne tient à aucun parti et qu'on ne veuille déplaire à personne, cela est au moins fort difficile aujourd'hui ; mais celui qui sait aimer son prochain comme soi-même, devant aussi aimer Dieu par dessus tout, aime de même la vérité son essence ; l'expose au moins telle qu'elle est à ses yeux ; rien ne peut donc nous empêcher de dire ce que nous pourrions démontrer jusqu'à l'évidence, à qui sait et veut bien raisonner : c'est-à-dire que nous vivons par le droit sous le gouvernement de la charte, et que ce gouvernement précieux, dicté sous l'empire de la nécessité, « par un » prince magnanime, pensant qu'il se doit tout en-» tier au bonheur de ses concitoyens, qu'il doit ou-» blier toute haine et tout ressentiment, qu'il ne » peut faire le bonheur des peuples qu'en régnant

» selon les lois, mais en même temps qu'un Roi ne
» peut les faire respecter, et faire le bien qui est dans
» son cœur qu'autant qu'il a l'autorité nécessaire ;
» qu'autrement étant lié dans ses opérations et n'ins-
» pirant point de respect, il est plus nuisible qu'utile. »

Pénétré, de ces sentimens, le Moïse Très-Chrétien nous a fait OCTROI de la Charte, qui est un code
constitutionnel, dont les principes fondamentaux
garantissent la perpétuité.

A peine est-il assis sur le trône de la légitimité,
investi par elle du pouvoir absolu d'exercer souve-
rainement tous les droits naturels et divins imprescriptibles, dont il a l'usufruit ; que, comme on le
voit dans sa charte, il met la dernière main à
l'œuvre, progressivement de bien en mieux, pré-
parée par ses prédécesseurs, c'est-à-dire au parfait
affranchissement de son peuple, en rendant tous et
chacun des individus qui le composent entièrement libre et parfaitement égaux devant la loi.
(Charte, art. 1 et 4.)

Ainsi le peuple français se trouve dans un état
naturel, tel que se le rendit, par sa faute, le genre
humain dès le commencement.

Chacun, comme Caïn et Abel, professe sa religion avec une égale liberté, et obtient pour son
culte la même protection. (Charte, art. 5.)

O admirable dévouement ! ne peut-on pas le com-
parer justement à celui du chef des Hébreux, qui
conjurait le Seigneur de l'effacer du livre de vie,
s'il ne voulait pas leur pardonner.

Le Moïse chrétien ne se met-il pas en effet par là

matériellement sous l'anathème prononcé par l'É-
glise, dont il est le Fils aîné, paraissant formellement désobéir à cette tendre mère, qui défend à
tous ses enfans de communiquer *in sacris* avec l'hé-
rétique ou autres excommuniés, et si l'on disait que
cette liberté donnée, cette protection accordée,
n'est qu'une condescendance de charité, ne trouve-
rait-on que cela dans ces paroles :

« Les ministres de la religion catholique, aposto-
» lique et romaine, et ceux des autres cultes chré-
» tiens, reçoivent seuls des traitemens du trésor
» royal. (Charte, art. 7.)

Peut-on conniver plus formellement à l'erreur
qu'en en traitant ses ministres à l'égal des prédica-
teurs de la vérité?

Quelque respectables que soient et puissent être
les raisons d'un pareil article, la connivence maté-
rielle à l'hérésie n'en est pas moins complète.

La conduite, le silence de deux personnes morales
de pierre, qui ont été assises sur sa chaire infaillible,
depuis lors, et une troisième qui continue à se taire,
n'offrent-elles pas un démenti parfait à l'imputation
d'intolérance, dont on ose s'autoriser pour vomir
contre elle le blasphème à la journée (*a*).

Mais y pensez-vous? comment, de par la charte
les Français ont droit de publier et de faire imprimer leurs opinions, en se conformant aux lois qui
doivent réprimer les abus de cette liberté.

(*a*) Voyez première partie, page 11. le § IV jusqu'à
la fin.

En vertu de quelle loi pensez-vous donc que cette répression devrait porter contre ceux qui prêchent dans les mandemens, ou ordonnances qu'ils font imprimer, ou dans nos chaires, ou de toute autre manière propre à édifier ou à instruire de la vérité, ou à combattre vos erreurs, non leurs opinions, mais leurs sentimens fondés sur la conviction qu'ils en ont, par leur foi dans la parole de Dieu, tel que l'expose ou l'explique l'Eglise contre vos erreurs, à l'effet d'en préserver leurs frères, unis de communion avec eux, et de vous en faire sortir vous-même? En un mot, quelles sont les lois portées et le tribunal établi contre une intolérance de cette espèce?

Nous avons d'autant plus raison de chercher auprès de vous celle que vous avez de nous condamner à outrance, que nous lisons (art. 6 de la Charte) « La religion catholique, apostolique et romaine est la religion de l'état. »

En vérité, quel usage peuvent donc faire les catholiques et leurs maîtres dans la foi, de cette religion de l'état, s'ils ne peuvent ouvrir la bouche pour la fortifier de plus en plus, et lui faire de fidèles prosélytes? Pourrait-on plus mal entrer dans l'esprit de son auguste fondateur? et s'il était vrai qu'on ne pût tirer que de pareilles conséquences de ses principes consacrés par le désir si prononcé, et aussi fortement exprimé que prononcé par lui, de les voir respectés à jamais par ceux qui étaient ses sujets, et à qui il en a fait concession et octroi, tant pour lui

3.

que pour ses successeurs et à toujours, ne faudrait-il pas se hâter de les détruire au plus tôt si on ne pouvait autrement remédier à des désordres aussi monstreux, à des abus aussi crians? serait-il espérance mieux fondée que celle d'un meilleur avenir sous un autre gouvernement (1)?

Se fonderait-on pour persévérer de plus en plus dans le mal, que l'on voit déjà porté à son plus haut période; se fonderait-on, disons-nous, sur l'inviolabilité de la foi jurée? mais qu'est-il donc au-dessus de l'impérieuse loi de la nécessité? et Louis XVIII qui ne jouissait qu'en usufruit de la légitimité, de la divine souveraineté, aurait-il pu la détruire, lorsqu'il ne pouvait pas même l'aliéner? aurait-il voulu se montrer le dernier à exercer le souverain pouvoir, quand il disait : « A ces causes, nous avons, volon« tairement et par le libre exercice de notre auto« rité royale, accordé et accordons, etc. »

Non, non, il combat et détruit, au contraire, cette prétention dans son art. 14, où, après avoir déclaré le roi le chef suprême de l'état, etc., il le termine en disant qu'il fait les réglemens et ordonnances nécessaires pour l'exécution des lois et la sureté de l'état.

> Ainsi, mal à l'excès commandant le remède,
> Le médecin suprême en ses droits le possède :
> Si le salut du peuple est la suprême loi,
> Il ne peut être mieux qu'entre les mains du roi.

(O Dieu! combien grande était donc mon erreur? et s'il est aussi vrai ce principe que nous venons

(1) Voyez ci-après depuis l'ouverture de la parenthèse.

d'exposer qu'il est nécessaire de l'admettre dans la constitution d'un état monarchique, pour en assurer la durée et le rendre inébranlable à jamais, combien instruits par la leçon que nous donne aujourd'hui l'expérience, ne faut-il pas prendre de précautions pour éviter les abus qui peuvent en résulter, ou le mauvais usage que l'on en pourait faire, bien qu'on ne fît que l'appliquer légalement sous l'empire de la nécessité.

Si, comme je l'ai dit, mon erreur était grande, de bonheur, au moins pour moi, elle n'a rien que ma conscience puisse lui reprocher : *Charitas non cogitat malum.* Non, la charité ne pense pas le mal.

Je ne l'aurais donc pas même pu soupçonner cette haute, inconcevable, meurtrière et sacrilége témérité, qui a fait descendre de la couronne les ordonnances du 25 juillet dernier.

Du reste, je viens de la qualifier par ses effets, sans entendre aucunement en incriminer les intentions toutes pures, et par conséquent toutes innocentes à mes yeux : je n'incrimine pas davantage sous le rapport de l'intention, l'inadvertance qui a provoqué ces ordonnances.

Mais quels jugemens avons-nous aujourd'hui à porter sur cette audacieuse usurpation de la souveraineté légitime qui a fait surgir tout-à-coup celle du peuple ?

La réponse n'est pas difficile à faire : la droite raison ne suffit-elle pas pour nous faire croire que la nécessité ne connaît point de lois, et que le besoin de pourvoir au salut du peuple est au-dessus de toutes.

Et est-il d'ailleurs un chrétien qui ne sache que rien n'arrive dans le monde sans l'ordre ou sans la permission de Dieu? c'est-à-dire que rien ne s'y fait qui ne soit parfaitement conforme à sa volonté très-sainte, toujours juste, soit qu'elle récompense, soit qu'elle punisse, soit qu'elle veuille donner de l'exercice à notre vertu; à qui nous n'avons jamais rien à demander à cet égard que l'accomplissement de cette volonté sur la terre comme dans le Ciel, où il couronne les mérites en couronnant ses dons, de ne nous pas laisser succomber à la tentation, et de nous délivrer du mal qu'il punit dans les pécheurs ici-bas, et dans ceux qui meurent dans le péché en enfer.

Or, à en juger même humainement, par les résultats d'une entreprise rendue si nécessaire, ne doit-on pas reconnaître, dans ses salutaires et si heureux effets :

> Que la fortune en ces bas-lieux
> Seconde les audacieux.

Quels autres sentimens peuvent-ils éveiller en vous récalcitrant de toutes robes ou écharpes et de toutes armes, en vous surtout, appelés par la distinction sociale dont vous êtes investis pour l'utilité commune à venir concourir, vous dans la noble et vous dans l'honorable chambre, à affermir et consolider ce qui a été si bien et si sagement fait pour le moment, à votre absence excusable à nos yeux par la présomption que nous devons avoir que vous avez été retenus et empêchés d'aller figurer dans les rangs glorieux des prudens audacieux, en considérant que tout ce qui est permis n'est pas toujours expédient.

Quels autres sentimens, disons-nous, peuvent-ils en effet éveiller en vous, aujourd'hui, que ceux de la plus vive et de la plus affectueuse reconnaissance envers celui à qui appartient et d'où émane toute puissance qui règne sur la terre ainsi que dans les cieux et partout; puisque l'on ne saurait résister, puisque celui qui résiste à la puissance, résiste à l'ordre que Dieu a établi ; et que qui y résiste mérite la réprobation que par là même il s'attire.

Que pouvez-vous donc avoir à désirer aujourd'hui? et quel sujet auriez-vous de vous refuser au serment d'être fidèles à notre nouvelle Charte et au roi qu'elle nous a donné ?

Vous avez, dites-vous, fait serment au chef de la première branche de la famille des Bourbons ainsi qu'à ses descendans légitimes.

Mais qu'est-il devenu, ce chef, et que s'est-il fait par son abdication, et qu'est son fils après avoir imité son exemple? Seriez-vous arrêté par la considération de son petit-fils ?

Mais quel est ce petit-fils aujourd'hui, dans son état de minorité, contre le droit de conquête sanctionné par J.-C. lui-même, même avant sa naissance et jusqu'à sa mort, c'est-à-dire depuis son père putatif, qu'il rendit obéissant à un édit de César-Auguste, jusque devant le tribunal de Pilate, gouverneur pour les Romains, et qui lâchement l'abandonne

à la volonté des Juifs, pour en être crucifié, et cela
en vertu et par l'abus du pouvoir qui lui a été
donné d'en haut.

Ah! considérez plutôt le déplorable état où se
trouva d'abord la France par l'effet de l'entreprise
et de la conquête sur la souveraineté légitime.

Pourriez-vous préférer la permanence de l'anar-
chie la plus monstreuse et la plus cruelle, pendant
si long-temps, fondée sur un espoir si fragile et si dé-
risoire, pour ne rien dire de plus ?

Car n'allez pas vous imaginer qu'il faille croire que
ceux qui ont fait la révolution sont ceux qui la con-
duisent aujourd'hui avec une prudence aussi circon-
specte d'une part, et un courage et un devouement
aussi généreux de l'autre.

Venez, venez donc plutôt, conspirant saintement
comme le font et doivent le faire tous bons Français, réunir toutes vos religieuses volontés à leurs
efforts pacifiques autour du trône de Louis-Philippe,
puisque sans eux il est impossible à Sa Majesté de
prendre dans sa sagesse et dans son amour pour son
peuple, les moyens les plus efficaces d'assurer sa
tranquillité et de lui procurer le bonheur qui en résulte, et dont il a soif depuis si long-temps.

Nous allons avoir une occasion naturelle de montrer ce que nous pensons sur ces moyens, au sujet
de ce qui nous reste à dire sur l'ancienne Charte,
comme il suit.)

Par la Charte, comme nous l'avons dit plus haut (1),
son auteur a mis la dernière main à l'affranchis-

(1) Page 19, ligne 13.

sement des Français. Mais il en faut convenir, il n'a pas donné à son œuvre toute la perfection dont elle est susceptible ; il règne dans ce que l'on y lit sous la rubrique : *Forme du gouvernement du Roi ,* une confusion qu'il faudrait démêler de manière que l'on distinguât parfaitement ce qui est du fond, et appartient essentiellement à la souveraineté *permanente ,* de ce qui peut être changé.

Le droit public octroyé aux Français , et les droits (raisonnablement religieux de la royauté) ainsi offerts sous leurs rubriques respectives, offriraient en même temps sous ces divers rapports tout ce que la Charte doit avoir de permanent relatif.

Tout le reste devant être placé sous la rubrique *Forme du gouvernement représentatif ,* est mobile et sujet à être modifié différemment, ou rectifié autant que cela pourrait être jugé nécessaire ou utile à la sûreté de l'état (par ses souverains mandataires).

En voici de ce qui nous paraît nécessaire à rectifier.

Certes, loin de nous la pensée de vouloir juger personne sur les apparences, et encore moins celui qui ne peut être jugé que par le souverain scrutateur des cœurs et des reins. L'infaillibilité n'est accordée à aucun homme, elle n'appartient qu'à Dieu seul et qu'à son Eglise, dont le souverain Pontife est l'organe. Quand il nous en notifie, comme il en a seul le souverain droit, les décisions, les définitions ; et Louis XVIII, nous le croyons, s'est trompé essentiellement. N'aurait-il pas en effet ôté au trône des lis qui, par le baptême de Clovis, a épousé la croix, son principal appui, quand il a dit, art. 15. « La « puissance législative s'exerce collectivement par « le Roi, la chambre des Pairs et la chambre des Députés des départemens. »

L'erreur n'a-t-elle pas ici surpris sa religion, sa bonne foi; comment autrement aurait-il pu ne pas admettre le clergé de la religion de l'état à pouvoir exercer collectivement avec lui, la chambre des Pairs et la chambre des députés des départemens, la puissance législative? il eût ainsi fait un tricycle du char du Gouvernement, qui, s'il eût été sujet par là à balloter, ne l'eût point été à être renversé.

Deux majorités alors suffisantes à rendre un projet de loi présentable à la sanction du Roi, nous n'eussions pas eu à être témoins et victimes de tant de scandales, résultés, entre autres, de la nécessité où s'est trouvé le monarque de retirer des projets de loi et de prononcer des dissolutions de chambres électives, et qui finirent par celui de le forcer à recourir aux moyens extrêmes, commandés par la nécessité.

§ II.

Nous n'avons plus à occuper le lecteur de ce qui était composé à l'imprimerie, au sujet de l'anciene Charte avant la révolution de juillet, que pour l'appliquer incidemment, autant que nous en aurons besoin, pour faire valoir les moyens que nous croyons nécessaires à employer pour délivrer la nouvelle des dangers auxquels l'exposerait son article 13, si l'on n'avait pas soin de le rectifier en le modifiant, de manière à ne pas l'exposer au danger dont elle serait menacée dans les intérim, dans les intervalles qui doivent se trouver entre la clôture d'une session et l'ouverture d'une autre; comme aussi, pour obvier à l'inconvénient majeur qui résulte, comme on vient de le voir, de n'avoir que deux Chambres délibérantes, sur un projet de loi, qui ne peut être susceptible de la sanction qu'autant qu'il réunit leurs majorités en sa faveur.

Avant que d'entrer en matière, disons que le principe de la souveraineté du peuple, et désormais incontestable, ne fût-il devenu tel que par le fait qui nous le démontre possible depuis que nous lui sommes assujettis.

Mais de combien n'est-il pas encore fortifié par la volonté expresse et si bien manifestée du souverain créateur, maître et arbitre de toutes choses, et de qui émane toute puissance, quand après avoir « dit : Faisons l'homme à notre image, et à notre res-« semblance, afin qu'il préside aux poissons de la « mer, aux oiseaux du ciel, aux bêtes et à tous les « reptiles qui se remuent sous le ciel, ET A TOUTE « LA TERRE. »

« Il créa l'homme à son image, il le créa à l'image « de Dieu, il les créa mâle et femelle, il les « bénit, et il leur dit : Croissez et multipliez, rem-« plissez la terre ET FAITES QU'ELLE VOUS SOIT SOUMISE, « et dominez sur les poissons de la mer, sur les

« oiseaux du ciel, et sur tous les animaux qui on
« mouvement sur la terre. » (Genèse I, 26, 28 et
la suite)

La corruption survenue depuis à notre malheureuse nature, en rendant la terre et tout ce qui en
dépend moins soumis à la volonté de son roi, n'a
rien affranchi, n'a pas détruit pour cela sa souve-
raine domination sur tout l'univers terrestre.

Les preuves de cette vérité offertes dans plusieurs
endroits de nos pages sacrées y sont suffisamment
établies pour que nous puissions animer des sentimens du divin psalmiste, prophète-roi, quand il
attirait sur son peuple les bénédictions du ciel,
imiter son exemple en les invoquant sur notre nation
sainte, DONT LA MAJORITÉ PROFESSE LA RELIGION CA-
THOLIQUE, APOSTOLIQUE ET ROMAINE; en disant avec
lui, comme lui, *Benedicti vos ad Domino, qui fecit*
cœlum et terram, et ajouter ce qui suit : *Cœlum*
cœli Domino, terram autem dedit filiis hominum.

Il est donc constant, pour les enfans de l'Eglise,
les disciples de sa foi, seul et unique, infaillible
fondement de toute certitude; il est donc constant
que le père céleste, tout-puissant, créateur du ciel
et de la terre, souverain seigneur de toutes choses,
a octroyé et délégué au genre humain le souverain domaine de la terre, pour en user dans sa faiblesse à son libre arbitre; de là la variété des gou-
vernemens répandus sur le globe.

Le meilleur est sans doute celui qui, le plus
accommodé à l'utilité, aux intérêts temporels com-

muns est le mieux assorti aux premiers des
besoins, SEULE CHOSE NÉCESSAIRE, celui de rendre
au souverain seigneur de toutes choses le culte qui
lui est dû et la faculté de faire sa volonté sur la terre,
comme elle est faite dans le ciel.

Or, que pourrait-on trouver de plus convenable
à produire ces heureux effets de première nécessité, qu'un gouvernement fondé sur une Charte,
où « les Français sont tous égaux devant la loi, quels
« que soient d'ailleurs leurs titres et leurs rangs,
« étant tous également admissibles aux emplois civils
« et militaires ; » où « leur liberté individuelle est
« également garantie, personne ne pouvant être
« poursuivi ni arrêté que dans les cas prévus par
« la loi, et dans la forme qu'elle prescrit ; » où
« chacun » surtout « professe sa religion avec la
« même liberté, et obtient pour son culte la même
« protection ; » où « la religion catholique, apostoli-
« que et romaine » est « professée par la majorité
« des Français. » (Charte, art. 1, 2, 3, 5 et 6.)

Quel entraînement plus fort, avec la grâce de
DIEU, peut-il y avoir de remplir avec fidélité tous
les devoirs qu'il nous impose ?

Et comment pourions-nous, catholique français,
ne pas regarder comme l'un des plus essentiels celui
de notre reconnaissance envers la divine Providence, et les intrumens dont elle s'est servi si mi-
raculeusement pour nous mettre sous un joug aussi
salutaire que libéral ; et est-il un moyen plus
propre à employer pour la témoigner que notre

empressement simultané à n'user du droit passivement actif et précaire que nous octroie, dans son sein
la cité hospitalière où nous ne sommes en réalité que
des exilés étrangers voyageurs, « ayant à y recher-
« cher principalement le royaume de Dieu et sa jus-
« tice, avec une entière confiance, non-seulement
« que le reste ne nous manquera jamais, mais qu'il
« nous sera aussi largement que gratuitement accordé? Est-il un moyen, disons-nous, plus propre à
employer pour la témoigner cette reconnaissance
que notre empressement simultané à nous réunir,
comme nous l'avons dit, autour du trône du roi que
la Charte nous donne, puisque sans cela il est impossible à Sa Majesté de prendre dans sa sagesse et dans
son amour pour son peuple les moyens efficaces d'assurer sa tranquillité et de lui procurer le bonheur
qui en résulte, et dont il a soif depuis si long-temps.

§ III.

On se plaint du gouvernement, et moi je trouve
le gouvernement fort à plaindre ; la garde nationale
est là, et y fait admirablement son devoir ; faisons
le nôtre , et le gouvernement fera le sien.

Si il est constant que les pères sont pour leurs enfans et non les enfans pour leurs pères, il ne l'est
pas moins que les rois sont pour les peuples et non
les peuples pour les rois.

Or, à qui doit obéir la petite famille , et qui a
droit de limiter le pouvoir de son chef, si ce n'est la
loi contre l'abus, contre les actes d'un père dénaturé
ou , autrement , incapable de bien gérer, qui , dans

pareil cas, pourrait le frapper d'un interdit civil?

Il n'en doit pas être autrement d'un roi; il faut qu'il règne sur les peuples, et que ce soit lui qui leur fasse la loi, sans pouvoir prétendre à avoir le droit de traiter aucun de ses sujets arbitrairement.

Pour obvier à cet inconvénient monstrueux, les Français ont raisonnablement et religieusement, en le modifiant, adopté un droit public au moyen duquel, sans y porter atteinte, ils octroient au roi celui d'être le chef suprême de l'état; et lui garantissant l'inviolabilité sous la responsabilité de ses ministres, ils n'attribuent qu'à lui seul la puissance exécutive, c'est-à-dire, de faire les règlemens et ordonnances nécessaires pour l'exécution des lois, sans pouvoir jamais ni suspendre les lois elles-mêmes ni dispenser de leur exécution. (Charte, art. 12 et 13.)

Ce qui ne peut s'entendre sagement, ce nous semble, de manière à ôter à Sa Majesté toutes facultés de pourvoir, provisoirement, à l'absence des chambres, par un acte d'autorité de son propre mouvement, au salut de la patrie qui se trouverait compromis par une crise dangereuse, imprévue.

Quelle fureur, demande-t-on, s'est tout-à-coup emparée de cette foule, qui naguère a fait retentir nos rues de cris de mort, et est venue insulter le palais du roi, s'est portée devant une prison en menaçant la vie de ceux qui sont sous la sauvegarde de la justice? la réponse est facile à faire : les sectateurs aveugles d'une opinion erronée, que l'Eglise ne souffre dans son sein que par la crainte qu'elle a, dans sa tendresse, d'arracher le froment si elle arrachait l'ivraie, et à laquelle ces intolérans ne savent répondre qu'en la désolant par la persécution qu'ils exercent, en nombre, hélas! trop grand, quelque petit qu'on voulût le supposer envers ses ministres , les plus fidèles à répandre les saintes doctrines qu'elle enseigne.

Qui ont troublé l'état en en dépopularisant le roi, par leurs flatteries ambitieuses et leurs superstitieuses intrigues ; ont su surprendre la religion jusqu'à rendre son joug aussi insupportable au peuple que le fut autrefois celui du fils de *Salomon*; au peuple qu'un prince chrétien ne doit jamais gouverner avec empire, devant toujours le traiter avec bonté et compassion.

Ces indignes serviteurs, ou plutôt ces vils flateurs de la monarchie défunte, se sont hâté, pour la réussite, de fomenter, en y prêtant la main, un désordre dont leur cause devait recueillir le profit le plus évident.

L'espoir du succès était fondé sur l'inertie de la garde nationale.

On s'imaginait que les sentimens d'irritation dont se montrait animée une foule excitée produirait dans la garde nationale une complète indifférence, et qu'elle ne s'opposerait à rien; c'était une insulte de plus à son honnenr et à sa raison religieuse : elle s'était armée pour défendre les lois, pour protéger l'ordre public; elle ne livrera ni la majesté du roi ni la majesté de la justice aux attaques et aux insultes des perturbateurs.

La France se glorifie de ne pas avoir d'autres forces que ces pieux citoyens armés , puisque c'est son salut aussi bien que sa gloire.

Maintenant ce moyen de tourmente est passé , et l'autorité ne s'endort point; elle se garde de la duperie , et, dans sa faiblesse , elle appelle tant qu'elle peut par ses vœux et par ses désirs, tous les bons citoyens, et ne craindra jamais de se brouiller avec ceux que rien ne peut ni éclairer ni conseiller : c'est là ce que l'honneur et la religion commandent également aux hommes à qui la foi a donné un cœur sincèrement religieux. *Salutem ex inimicis nostris et de manû omnium qui auderunt nos.*

N'allons pas cependant nous imaginer que ces hostilités aient un autre principe que celui de l'aveuglement de l'esprit de ceux qui , habituellement préoccupés de l'envie du désir de ne rien faire QUE POUR LA PLUS GRANDE GLOIRE DE DIEU , croient pouvoir la procurer par la violence et la tyrannie du despotisme contre ceux qui ne pensent pas comme eux. Fanatisme déplorable sans doute , même dans ceux qui ne voudraient que ramener à la vérité les errans contre la foi de l'Eglise ; puisque, bien que cette vertu soit tellement le fondement du salut qu'il est nécessaire de la professer de bouche, pour l'obtenir, c'est néanmoins celle du cœur, que rien d'humain ne saurait contraindre sans la grâce gratuite, rien de semblable ne pouvant sans elle faire autre chose que des hypocrites, ne pouvant faire un seul vrai adorateur en esprit et en verité.

Gardons-nous donc bien de songer à leur rendre autre chose que le bien pour le mal, puisque c'est accomplir la loi que d'aimer son prochain, et s'il n'est que trop vrai que de nous-mêmes rien ne peut ni les éclairer ni les conseiller, laissons ces aveugles conducteurs d'aveugles, attirons sur eux par nos gémissemens et par nos prières l'efficacité du secours des lumières de celui qui peut tout, et qui en est la source.

Et fussent-ils, ces malheureux, aveuglés jusqu'à poursuivre de la haine de leurs cœurs ceux qui ne partagent pas leurs révoltantes opinions, gardons-nous de l'être nous-mêmes jusqu'à oublier qu'il est écrit : *Aimez vos ennemis, faites du bien à ceux qui vous haïssent, priez pour ceux qui vous persécutent et qui vous calomnient.*

O Dieu! grand Dieu! quel sujet d'une plus douce et plus grande consolation, et d'une reconnaissance plus étendue envers vous, que celui du secours si puissant que vous nous accordez pour nous aider à accomplir ce précepte qui surpasse si fort les forces de la nature, que saint Bernard avance que c'est une chose divine et non humaine que d'aimer ses ennemis ; *Diligere inimicos divinum est, non humanum* : en unissant à l'obligation que nous en impose notre Evangile, celle de nous y conformer, à peine d'être animé d'un autre esprit que celui d'une Charte devenue vérité, selon les vœux d'un roi évangélique-romain.

§ IV.

Est-il preuve plus évidente à apporter de ce qui précède que ce qui suit?

M. Etienne dans la séance du 4 octobre dernier fait un rapport à l'honorable chambre.

« Le sieur Gallery, électeur à Laval, demande la
« suppression de tous les établissemens jésuitiques,
« et l'expulsion définitive et irrévocable des jésuites
« de toutes les parties du territoire français. La
« commission adopte pleinement les vues du péti-
« tionnaire sur la nécessité de se défier de l'ambi-
« tion et des manœuvres d'une corporation si enva-
« hissante de sa nature. Le nouveau gouverne-
« ment ne saurait porter des yeux trop attentifs sur
« cette dangereuse association, qui a toujours
« enseigné l'art de fausser ses sermens, qui est
« dénoncée à la probité publique comme trahissant
« la bonne foi par des restrictions mentales, et de-
« venant, par ses nombreuses affiliations, un prin-
« cipe constant de dissolution dans les états les
« mieux organisés. Mais quant à l'expulsion des
« jésuites du territoire français, cette seconde partie
« a paru à votre commission entièrement opposée
« aux principes de la liberté individuelle qui cons-
« titue notre ordre politique, et ne sont pas moins
« conformes au droit naturel qu'aux lois sous les-
« quelles nous avons le bonheur de vivre. Les
« proscriptions en masse furent reprochées dans
« un autre temps par les sentimens généreux qui
« ont préparé la révolution de 1830. Contentons-

4.

« nous d'éloigner les ennémis de notre constitution,
« et ceux qui se montreraient contraires au dé-
« veloppement de nos institutions sociales de toute
« participation à la gestion des affaires publiques.
« Les corporations ne sont punissables que lors-
« qu'elles deviennent des faits ou des actes répré-
« hensibles. La tyrannie commence là où le pouvoir
« veut empiéter sur le droit naturel : l'expulsion de
« sectaires quelconques et la peine flétrissante du
« bannissement ne peuvent s'appliquer qu'à des faits
« judiciairement constatés. Hâtons-nous de procla-
« mer ces principes de tolérance universelle, de
« prouver aux nations qui n'ont pas le bonheur de
« jouir de nos institutions, que le régime de liberté
« est protecteur de ceux-là même qui en nient
« les bienfaits.

« C'est donc uniquement dans ce qui touche aux
« établissemens dirigés par une société en guerre
« ouverte avec nos institutions, et qui reconnaît
« les lois d'un souverain étranger, que la com-
« mission propose de renvoyer la pétition au minis-
« tre de l'instruction publique. Quant à la seconde
« partie, la commission propose l'ordre du jour.
« — Adopté sans réclamations. »

Ce n'est pas là vraiment une stérile théorie qui
donnant à l'état la religion catholique apostolique et
romaine ne fait en cela autre chose que des efforts
impuissans pour associer, qui pourrait sans frémir le
dire, JÉSUS-CHRIST à *Bélial*. Est-il possible, en effet,
qu'une religion quelconque soit, à l'exclusion de

toute autre, la religion d'un état où chacun professe
la sienne avec une égale liberté et obtient pour son
culte la même protection ?

Il faut en convenir, il est plus que vraisemblable,
il est très-probable, très-facile à prouver, que l'auteur de la charte n'était que sous le joug des pré-
jugés, et quand il la rédigeait et quand il a cru que
c'était à lui à l'octroyer.

Il y avait environ vingt-deux ans que le trône
des lis était vacant, lorsque cet auguste rejeton est
venu surgir avec la prétention de s'y asseoir pour y
continuer un règne qu'il date de sa dix-neuvième
année, comme si un trône, comme si un peuple pouvait être de plein droit naturel et divin, l'héritage
d'une maison, d'une race quelconque, à moins que,
comme l'histoire des enfans de la promesse nous en
offre seul l'exemple, Dieu lui-même ne l'ait manifesté
formellement (1).

Il aurait dû faire plus d'attention à ce qui n'a pas
échappé entièrement à sa pénétration, c'est-à-dire que,
s'il eût agi comme l'a fait Louis-Philippe, comme
convaincu QUE QUAND LA SAGESSE DES ROIS S'ACCORDE

(1) Il nous sera bien permis sans doute d'observer ici
qu'Israël, sous le gouvernement des juges formellement
envoyés ou autorisés de Dieu c'est-à-dire au temps même
où ce gouvernement était théocratique dans ce temps-
là même, le peuple de Dieu, s'est donné lui-même, ne
fût-ce qu'en Jephté, un chef investi par lui librement et
très-volontiers, pour ne rien dire de plus, de la souveraineté d'un absolutisme sans bornes. (Jug. XI. et XII.)

LIBREMENT AVÉC LES VOEUX, la volonté DES PEUPLES (1), d'où émane en principe la souveraineté, c'est-à-dire le droit de se donner un gouvernement ou un chef suprême (2); que si au lieu de la donner il eût reçu et accepté la charte, et qu'on y eût aussi donné un plus solide fondement au souverain mandataire législatif, le premier des vivans de la première branche des Bourbons serait encore aujourd'hui sur le trône des Français, avec le droit non-seulement de se dire le roi très-chrétien, et de se qualifier fils aîné de l'Eglise, mais encore d'être le premier roi de l'ère de grace évangélique romain.

Ce que disait Probus, préfet du prétoire en Italie, à Ambroise, lorsqu'il l'établissait juge à Milan, Louis-Philippe se l'est dit à lui-même.

Après nous avoir d'abord annoncé que la charte serait désormais une vérité, depuis l'ayant reçue et lue il la juge telle et conforme à ses vues, il l'accepte, et sa volonté est d'être le premier de ses concitoyens pour en être fait le dernier le serviteur de tous, se rendant et se retrouvant ainsi, par sa grace divine, l'image vivante faite à la ressemblance parfaite DU FILS DE L'HOMME, qui n'est point venu parmi nous pour être servi mais pour servir lui-même.

> Le trône est un hôtel, et le Roi c'est un hôte;
> Si le besoin l'admet, c'est le besoin qui l'ôte.

(1) Préambule de la charte de Louis XVII, page 2, ligne 24, édition in-8.

(2) Voyez lig. 13 pag. 29, et suiv.

La preuve s'en trouve si complète dans notre histoire, qu'on peut se dispenser de la chercher ailleurs.

Quelle que soit ou puisse être la différence des formes, il est incontestable qu'au fond, depuis la fondation de notre monarchie jusqu'à l'inconcevable destitution de Louis-le-Bienfaisant (1), la volonté ou le consentement tacite du peuple souverain s'est donné successivement pour roi Pharamond d'abord, et ses successeurs jusqu'à Childéric ; puis le fils de Charles-Martel, et ses descendans jusqu'à Louis V, auquel elle substitua les Capétiens.

Si le dernier des Mérovingiens et l'oncle d'un roi dit fainéant n'ont pas appris à Charles X comment finit une dynastie, c'est qu'il nous a donné de lui-même surabondamment son abdication, ce dont sans doute nous devons lui savoir très-bon gré, ayant ôté par là toute excuse, tout prétexte de rébellion à ceux qui prétendraient nous reporter sous le joug de sa race qu'il a brisée et dont nous sommes bien affranchis, la pure légitimité d'un roi prenant communément son principe dans la médiation de la souveraineté octroyée au genre humain, comme on le voit ligne 12, pag. 29 et suivantes, et pag 39, ligne 9 et suivantes.

Néanmoins, qu'on ne s'imagine pas qu'il y ait rien là qui puisse porter la moindre atteinte à la dignité royale, seconde majesté, image vivante de la pre-

(1) Voyez ligne 5, pag. 3 et suiv.

mière, l'obéissance à tout ce qui nous est enseigné par la foi, là dessus n'en est que plus démontré
raisonnable.

§ V.

L'existence de Dieu est problématique! la loi est athée!!!

Si l'expression manque ici aux sentimens d'un
homme, pour peu qu'il lui reste de sens commun, il
faut convenir cependant que ces assertions ne sont
en elles-mêmes qu'une très-naturelle conséquence si
on les met en relation directe avec les articles 5 et
6 qui se trouvaient dans la charte lorsqu'elles se sont
fait entendre impunément dans nos chambres et
jusque dans le sanctuaire de la justice, puisqu'à
supposer qu'il soit impossible qu'une religion quelconque soit à l'exclusion de toute autre la religion
d'un état où chacun professe la sienne avec une
égale liberté et obtient pour son culte la même
protection, ces deux articles donnent même naturellement à conclure qu'il n'y a ni Dieu, ni religion,
ni culte ; que tout cela n'est que chimère et inven-
tion politique de la nature de la nymphe de Numa,
de l'enlèvement d'un Romulus au ciel, et autres sem-
blables fables.

Mais aujourd'hui, le libéralisme né de ces non-
sens auxquels il se conformait, enfant mutin, ombra-
geux, tenu qu'il était à une lâche lisière sous la main
décontenancée de la philosophie insensée qui le
faisait avec elle, comme elle, boiter des deux côtés,

homme restreint et renfermé dans le libertisme
moral évangélique, et devenu obéissant et docile à
la voix de la raison religieuse qui l'a rendu ami pas-
sionné et fidèle de l'ordre et de la vraie liberté, dont
il ne doit plus se servir comme d'un voile pour
couvrir ses mauvaises actions, mais pour se montrer serviteur de Dieu.

Au premier coup d'œil, il reconnaît la vérité de
l'égalité des droits de tous les Français devant la loi,
et par conséquent à l'égale liberté que doit avoir
chacun d'eux de professer sa religion; et d'obtenir
pour son culte une égale protection.

Aussi le voilà-t-il de suite à reconnaître en toute
franchise ce fait incontestable qui se montre partout
lui-même : que la religion catholique, apostolique
et romaine est celle de la majorité des Français.

Quelle admirable théorie et quels plus précieux
avantages que ceux qui en résultent pour la pratique,
naturellement à l'inverse de celle qu'elle remplace
et déjà si bien garantie par un précédent si admirable, si rassurant (1).

La vérité pour un homme quelconque est ce que
de bonne foi il croit vrai ; et il en est ainsi de cette
bonne foi pour ce qu'il estime, respecte ou adore.
Et qui peut connaître et juger de la bonne foi?
certes, ce ne sont pas ceux à qui il est défendu de
juger sur les apparences.

Ainsi il ne sera donc généralement, pas plus que
relativement parlant permis de prétendre non-seulement que la loi chez les Français doit être athée,

(1) Voyez pag. 19, lig. 21, et page 37, § IV.

mais elle ne saurait même s'y montrer suspecte de la moindre indifférence du théisme ou déisme.

Ainsi donc elle sera toujours et partout ce qu'elle doit être, impartiale; ce qu'elle a toujours dû être.

Et si de ce que la religion catholique, apostolique et romaine est celle de la majorité des Français, il résulte qu'on ne saurait plus sans se rendre coupable devant elle, mépriser, insulter, profaner, blasphémer notoirement rien de ce qui lui appartient, le dernier même des individus, et à plus forte raison les augustes chefs de cette seule et unique bonne croyance, sans se rendre coupable devant elle et passible des peines à imposer par elle à ses transgresseurs; cette respectable et si honorable majorité d'ailleurs ne pourra jamais se prévaloir de son nombre pour disputer au plus petit discole le droit de jouir des droits et priviléges qui lui sont accordés et garantis comme à elle. Le contraire se trouve non-seulement défendu par la charte, mais par l'Evangile lui-même, où son auteur nous ordonne formellement et très-expressément de traiter les hommes comme nous voudrions en être traités. *Pro ut vultis ut faciant vobis homines, et vos facite illis similiter.* (Luc, VI, 31.

§ VI.

Le droit public des Français et ceux qu'ils octroient à leurs rois constituent, comme nous l'avons dit, le gouvernement le mieux accommodé à tous nos besoins (1).

Cette belle et si bonne théorie d'une politique vrai-

(1) **Voyez** page 30, à la fin, et suivantes.

ment sage, évangélique, n'attend que des lois qui, acceptées par les majorités et sanctionnées par le monarque, lui offrent le moyen de la faire pratiquer par ses réglemens et ordonnances, qui ne peuvent jamais être en contrariété avec les majorités (1). Sans cela la liberté n'est que licence, l'ordre ne pouvant résulter que de la force que donne la loi à celui à qui seul appartient la puissance exécutive.

Voyez, en effet, ce qui se passe sur divers points du pays ; quels désordres, quels scandales monstrueux, quelles impiétés, quels sacriléges, que de blasphèmes, etc.

Hélas ! hélas ! pourrait-on voir là autre chose que ces épines moissonnées au lieu du froment semé avec autant d'indiscrétion que de zèle ? Hélas ! nous n'en avions donc qu'un trop juste pressentiment mais combien néanmoins était-elle éloignée de notre esprit l'idée de l'éprouver sitôt, lorsqu'au contraire nous aimions à nous persuader qu'au moins nous n'en serions pas témoins lorsque portés, élevés, à ce qu'il paraîtrait, par le SACER ALES, nous voulions nous

(1) C'est ainsi que nous voudrions voir amender l'article 13 de la Charte, afin que, Sa Majesté pût au besoin dans sa sagesse, sous l'empire d'une nécessité, prendre de son propre mouvement des mesures extra-léges dans les intervalles des sessions et des séances mêmes, lesquelles mesures pourraient être, les chambres assemblées, prorogées ou mises à néant, selon qu'elles le jugeraient à propos, la souveraineté devant être dans un état permanent de vigilance et d'activité.

montrer reconnaissans envers la divine Providence dans une ode eucharistique et constitutionelle (1).

Mais que sont-ils ces désordres? Ah! si on en considère les circonstances, sont-ils autre chose que l'effet subit et innocemment imprévu d'un tumulte populaire des plus déplorables, des plus affligeans auquel, par un exemple des plus admirables, proposée à notre imitation, les nombreux catholiques de Blois n'ont tous, comme ils le devaient, apporté d'autre remède que celui des larmes, des prières, des humbles amendes honorables, et réparation d'honneur offerte contre l'outrage fait aux signes sacrés de l'adorable bois où à été crucifié, et d'où dépendit le salut du monde?

§ VII.

L'estimable pétitionnaire électeur à Laval ne nous paraît pas s'être compris lui-même; sa pensée n'a sûrement pas été rendue par son expression (2); car il désire infiniment moins l'expulsion personnelle des jésuites du territoire français que de l'esprit trop justement imputable à la compagnie ou société si audacieusement, si témérairement, dite de Jésus.

C'est donc le jésuitisme dont il est question de purger les états du peuple souverain, le jésuitisme, c'est-à-dire l'ultramontanisme intolérant; car que

(1) Voir cette ode et les notes surtout (5). Son édition est de février 1829, et se trouve chez l'auteur, rue de l'Hôtel-Colbert, n° 7.

(2) Voyez § IV, page 37.

les théories de cette opinion, quelles qu'elles soient
en elles-mêmes, soient admises par la pensée de
ceux qui les adoptent, comme la pensée est hors
du domaine de la puissance temporelle, elle ne peut
que lui être indifférente. Mais il n'en est pas ainsi
de sa manifestation, et les écoles ecclésiastiques
ne sauraient se composer de sectes comme celles
des philosophes tant anciens que modernes.

Sans doute que les opinions religieuses, attendu
qu'elles appartiennent à la morale, peuvent s'y dé-
battre et s'y discuter même dans les livres, *et in
ecclesia plebis*, mais jamais le théologien ne peut
les ériger en dogme, de manière à porter à les
mettre en pratique, sur-tout quand le résultat de
ces pratiques ne peut amener que le trouble dans
l'état et le scandale dans l'Eglise.

Combien donc n'est-il pas sage et nécessaire à
mettre en vigueur cet édit du roi du grand siècle,
rendu sous la dictée d'une déclaration si victorieu-
sement, si invinciblement défendue par le si pur
et si éclairé catholicisme de l'aigle de Meaux, qu'on
voudrait faire passer pour un vautour(1). Aussi
désirons-nous que non-seulement il soit lui-même
désormais vérité, mais qu'il soit encore annexé à la
Charte comme partie intégrante des libertés du
peuple souverain dont la majorité professe la religion catholique, apostolique et romaine ; annexé,
disons-nous, à la Charte avec des dispositions pé-
nales, non contre les refusans, nul ne pouvant être

(1) *Ibid.*, note (1) de l'ode eucharistique citée plus haut.

contraint à y souscrire comme particulier, mais
contre les contrevenans infidèles aux engagemens
qu'ils seraient tenus de prendre pour pouvoir conserver leurs places et en exercer les fonctions.

§ VIII.

Les relations intimes et religieusement obligées
établies depuis le retour de Louis XVII, dit Louis
XVIII, entre l'épiscopat français, les pasteurs du
second ordre et cette société dite de Jésus, ont
répandu sur eux des préventions qui vont les
mettre dans la même catégorie que tous les membres
de ce corps dont le chef est un souverain qui nous
est étranger.

On croira prudent de les éloigner eux-mêmes,
comme présumés ennemis de notre constitution et
de nos institutions sociales. On croira, disons-nous,
prudent de les éloigner de toute participation à la
gestion des affaires publiques.

Quelqu'affligeante qu'elle soit en elle-même
cette défiance, il n'en résultera d'ailleurs rien dont
ils puissent avoir à se plaindre, puisque si, d'une
part, ils sont éloignés des affaires purement tem-
porelles, de l'autre rien ne les empêchera de se
conduire en bons soldats dans la milice sacrée, de
travailler *sicut boni milites Christi Jesus*, sachant
qu'il est écrit : *Nemo militans deo implicat se
negotiis sæcularibus : ut ei placeat, cui se
probavit.* (II Tim. II, 2 et suiv.)

Mais ces souverains maîtres dans la foi et ces juges
suprêmes de la foi, et tous les hommes fidèles à

qui ils en ont confié le dépot les ayant jugé capables d'en instruire d'autres (1) se trouvent et se montrent passagers, étrangers sur la terre, ne peuvent être indifférens au bonheur de leur cité hospitalière non plus qu'à celui de tous ceux qui y sont avec eux. *Ex omni cultu et opinione.*

Aussi moi, naturellement (2) le plus petit des derniers d'entre eux, je vais rendre faiblement par l'expression l'ardeur de mes désirs; nourri de la persuasion intime où je suis que leur accomplissement est de première nécessité au bonheur, à la paix, à la tranquillité de l'état, accomplissement auquel je n'ai aucun intérêt personnel autre que celui d'avoir pu, en cherchant premièrement le royaume de Dieu et sa justice, être utile en quelque chose à mon pays.

§ IX.

Dans ce temps jadis, qui n'est encore éloigné de nous que de quelques mois, nous pouvions dire le clergé d'un état catholique en est essentiellement une partie intégrante, et c'est ce qui aurait suivi immédiatement ce qu'on lit à la fin du premier paragraphe de cette seconde partie, page 28.

Mais aujourd'hui que la vérité a remplacé le non-sens qui nous servait de principes en le prenant à la lettre, nous ne pouvons absolument plus nous

(1) *Ibid.* Voir la note (*a*) au dos du titre, lig. 12 et suiv.

(2) Voir au titre de l'ouvrage les qualités si redoutables de l'auteur, lesquelles sont communes à tous ses collègues dans le sacerdoce.

en servir, n'y trouvant plus, par la même considération, le remède si nécessaire à apporter aux inconvéniens majeurs, et si menaçant ruine, comme
l'expérience l'a si bien démontré, aux inconvéniens,
disons-nous majeurs, qui résultent de l'obstacle
apporté par une seule majorité à rendre un projet
de loi présentable à la sanction du Roi (1).

Si sans passions les hommes étaient incapables
de se laisser surprendre et entraîner par un esprit
de parti ou de corps, opposé à l'intérêt commun,
non-seulement notre droit public serait aussi solidement fondé que bien constitué, mais il s'y trouverait même des précautions inutiles à sa conserva-
tion, puisque le Roi, justement présumé infaillible,
connaissant son devoir, serait toujours fidèle à le
remplir.

Mais s'il en est autrement, s'il est sage et nécessaire de se pourvoir contre les surprises dont se
trouve passible sa religion, sa bonne foi, n'est-il
pas de la prudence d'en user de même envers une
chambre, et de lui ôter un absolutisme négatif
contre la volonté expresse d'une autre majorité,
d'accord avec celle du Roi.

Nous venons de le dire, et le fait est constant,
d'une expérience récente qui nous en démontre le
majeur inconvénient.

N'eût-elle pas en effet été complètement vaine et
inutile cette raisonnable, courageuse et constante

(1) Voyez page 27, ligne 19, jusqu'à la fin du paragraphe.

persévérance de l'honorable chambre à soutenir
qu'elle ne pouvait opérer avec des pouvoirs en contrariété entre eux, si une autre majorité se fût
trouvée réunie avec le roi à celle de la noble
chambre, et si, de bonheur pour nous, la grossière
bévue, effet sans doute d'une innocente inadvertance du fondateur d'une charte si judicieusement
reformée d'ailleurs, ne nous y eût pas offert
une juste et légitime résistance à un monarque
parjure (1), ne nous-serions nous pas trouvé
réduits ou à résister illégitimement, ou à nous soumettre honteusement au joug d'un arbitraire absolu
que semblerait avoir eu en perspective la septenna-
lité ?

Mais si, dans cet état de choses, les ministres de
la religion professée par la majorité des Français ne
peuvent plus être reputés clergé faisant partie intégrante de l'etat, il nous semble que rien néanmoins
ne s'oppose à ce qu'ils puissent être librement, sim-
plement admis à fournir une chambre élective auxiliairement adjointe à celles des nobles pairs et de
l'honorable chambre des députés élective, disons-
nous, par les trois pouvoirs revêtus de l'auguste
caractère de mandataires du peuple souverain, ce
qui n'en donnerait qu'un de passive activité à
cette chambre, qui, n'étant plus partie intégrante de
l'état, se trouverait dans celui qui lui est naturel,

(1) Nous sommes loin de l'idée d'imputer le parjure à
autre chose qu'à la matière de l'inconcevable loi du double vote.

sujets de l'état spécialement chargés de donner l'exemple de l'accomplissement de tous les devoirs à tous ceux qu'ils sont obligés d'instruire et de diriger dans cet accomplissement.

Et ce qui est ici bien essentiel à observer, c'est qu'entre les précieux avantages de cette chambre auxiliaire, quelque contrariant que fût ou pût être en soi son esprit, il ne saurait jamais rien en résulter de définitivement préjudiciable à notre droit public, aux libertés religieuses dont les théories qu'en offrent aujourd'hui notre Charte ne sont ni mensonges ni non-sens, ni annexa-t-on rien dans l'esprit de l'édit rendu au mois de mars 1682, enregistré au parlement le 23 dudit mois (1), puisqu'en dernier résultat elle ne saurait offrir qu'un vote qui n'aurait d'importance qu'autant qu'il se trouverait réuni à deux autres pouvoirs.

Et qui ne conviendrait si, sans faire aucune acception de personne, ne songeant qu'à la chose, le premier besoin du jour est de réveiller en nous la piété utile à toutes pour le temps et l'éternité, de rappeler parmi nous l'ordre, la probité, les mœurs en un mot, sans lesquels la société est sans agrémens, le commerce sans ame, et la vie même sans aucune des consolations qui peuvent changer en une véritable et sainte joie les afflictions qui l'assiégent? Qui ne conviendrait que la chambre Sacerdotale, dépositaire de la vraie science, trouverait dans la charte, comme celle à laquelle elle serait auxiliaire-

(1) Voyez page 47 et suivantes.

ment adjointe, la faculté de proposer des lois pour réprimer surtout tant de désordres de l'impiété si scandaleuse, dont elle seule peut justement apprécier l'énormité monstrueuse, et indiquer dans sa charitable sévérité les moyens les plus propres à les réprimer efficacement; à apprendre à tous les sujets de l'état que s'ils peuvent professer avec une égale liberté leur religion, et obtiennent pour leur culte la même protection, la première et indispensable dont la religion a besoin, c'est le respect qu'on lui doit ainsi qu'à ses ministres; à mettre, en un mot, en parfaite harmonie la pratique avec les divines théories de la charte : les lois d'un gouvernement religieux ne pouvant être, en effet, autre chose que la raison religieuse mise en précepte, dans un état où le souverain accorde à tous ses sujets la liberté religieuse, et une égale protection pour leurs cultes.

Ce qui suffirait pour démontrer et faire sentir la nécessité d'admettre une chambre du clergé à concourir auxiliairement à la formation des lois (1), ne fût-elle pas indispensable d'ailleurs; ces membres n'y fussent-ils admis qu'en qualité de moralistes théologiens (2). « Pro Christo legatione (fungentes) Deo exhortante (movente per eos).

Passagers, étrangers sur la terre, nous aimons à le redire, ils ne peuvent être indifférens au bonheur de leur cité hospitalière, non plus qu'au bonheur de ceux qui y sont avec eux.

Les membres de cette chambre auxiliairement

(1) Voyez première partie, ligne 18, pag. 11 et suivante.

(2) Voyez ligne 26, page 43 et suiv.

adjointe en nombre déterminé par la loi, amovible, perpétuable, à volonté, n'auraient positivement d'autre effet à produire que celui de mettre les trois pouvoirs en équilibre, de manière à offrir entre eux une égalité semblable à celle de tous les membres du souverain, devant la loi.

Qui mihi responsum primus dedit ipse petenti, Deus : adaperuit introitus Ostium, direxitque in conspectu suo viam meam sua det benedictione perficere, exitum custodiens et protegens. PER CHRISTUM DOMINUM NOSTRUM.

AMEN.

ERRATA.

Page 9, ligne 7, *mêmes*, *lisez* : même.

Ibid, le plus, *lisez* : les plus

Ibid, ligne 30, culebutant, *lisez* : culbutant.

Ibid, boulversant, *lisez* : bouleversant.

Page 14, ligne 22, amis, *lisez* : a mis.

Page 15, ligne 30, face, *lisez* : fasse.

Page 17, ligne 4, prout, *lisez* : pro ut.

Page 20, ligne 20, pierre, *lisez* : Pierre.

Page 23, ligne 22, l'inadvertance, *lisez* : l'heureuse inadvertance.

Page 26, ligne 7, permanance, *lisez* : permanence.

Ibid, ligne 20, impessible *lisez* : impossible.

Page 30, ligne 11, animer, *lisez* : animés.

Page 31, ligne 24 pourions, *lisez* : pourrions.

Ibid. catholique, *lisez* : catholiques.

Page 32, ligne 22, si il, *lisez* : s'il.

Page 42, ligne 21, politique de la nature, *lisez* : politique, de la nature.

Page 45, ligne 3 lui offrent, *lisez* : lui